GUÍA DE LECTURA

Escrita por Mélanie Kuta
Traducida por Laura Soler Pinson

El lector

de Bernhard Schlink

Entiende fácilmente la literatura con

ResumenExpress.com

www.resumenexpress.com

BERNHARD SCHLINK

ESCRITOR ALEMÁN

- **Nacido en 1944 en Bielefeld (Alemania)**
- **Algunas de sus obras:**
  - *La justicia de Selb* (1987), novela
  - *El lector* (1995), novela
  - *El fin de semana* (2008), novela

Bernhard Schlink, que nace en 1944 en Bielefeld (Alemania) en el seno de una familia protestante, es juez y profesor de Derecho. Su padre, profesor de Teología en la universidad, fue relegado de sus funciones durante la guerra.

Schlink es el autor de varias novelas policíacas, entre las que figura una trilogía protagonizada por el mismo personaje principal, un detective llamado Gerhard Selb. Publica *El lector* (en alemán, *Der Vorleser*) en 1995, lo que lo coloca en la primera línea de la escena literaria. Hoy en día, vive entre Nueva York y Berlín.

EL LECTOR

UNA MIRADA SOBRE EL PESO DEL PASADO

- **Género:** novela
- **Edición de referencia:** Schlink, Bernhard. 1997. *El lector*. Traducido por Joan Parra Contreras. Barcelona: Anagrama, S.A. E-book en PDF
- **Primera edición:** 1995
- **Temáticas:** Segunda Guerra Mundial, nazismo, campos de concentración, lectura, analfabetismo, vergüenza

El lector es una novela parcialmente autobiográfica publicada en 1995 que cosecha un gran éxito comercial. Cuenta, en tres partes que se extienden durante unos cuarenta años, la historia de amor de un joven alemán y de una antigua colaboradora de las SS. El libro trata el doloroso tema de los campos de concentración, la dificultad de los alemanes a la hora de evocar el nazismo y el conflicto que enfrenta a la generación que vivió la guerra con la generación siguiente. Los sentimientos de vergüenza y de incomprensión están muy presentes.

La novela de Schlink es corta, y el estilo es sobrio y muy claro. El personaje principal narra la historia en primera persona del singular. *El lector*, traducido a 39 idiomas, es el primer libro alemán que logra alcanzar el número uno de la lista de los libros más vendidos del *New York Times*.

RESUMEN

UN REENCUENTRO INESPERADO

En el marco de un seminario, uno de los profesores de Michael, un joven estudiante de Derecho, lleva a varios alumnos a un juicio en el que se juzga a antiguos oficiales de las SS que trabajaron en los campos de concentración. Para su sorpresa, Michael se encuentra allí con Hanna, una mujer con la que mantuvo una relación unos años antes: está sentada en el banquillo de los acusados junto con otras cuatro mujeres. Se nos cuenta que ingresó en las SS en 1943 como guardiana y que trabajó sobre todo en Auschwitz. Se le acusa principalmente de dos cargos: la selección en los campos y lo acontecido en una noche de bombardeo. Efectivamente, las SS y las guardianas están acusadas de haber encerrado a varios centenares de detenidas dentro de una iglesia que se incendia a causa de las bombas. De las deportadas, solo sobreviven una madre y su hija, que escriben un libro para ofrecer su testimonio.

Cuando se anuncian los hechos, Michael no siente nada, como si estuviera bajo anestesia. Para él, esta es la oportunidad para repasar este episodio destacado de su vida.

UNA INICIACIÓN

Un día, Michael, enfermo de hepatitis, que entonces tiene 15 años, se siente muy débil y empieza a vomitar cuando vuelve de la escuela. Una mujer, Hanna Schmitz, veinte años mayor que él, acude en su ayuda y lo acompaña hasta su casa.

Cuando se restablece, Michael decide ir a visitarla para darle las gracias. Ella lo deja entrar en su piso y, mientras se cambia en la habitación de al lado, Michael la mira de reojo. Sus miradas se cruzan y, muerto de vergüenza, sale corriendo.

Sueña con ella todas las noches, así que, ocho días más tarde, Michael decide volver a visitarla. Frau Schmitz llega a su casa con el uniforme de revisora de tranvía. Envía al joven que vaya a buscar carbón de coque (combustible para la calefacción) al sótano. Se mancha de la cabeza a los pies de hollín al rellenar los cubos. Mientras Frau Schmitz le prepara un baño, duda en desvestirse. Ella se une a él, desnuda, con una toalla para secarlo. Hacen el amor.

Al día siguiente, Michael decide volver a la escuela, pero se salta las clases todas las tardes para encontrarse con su amante, que lo inicia en la sensualidad y en la sexualidad. Un día, Hanna le pide que le lea un libro. A partir de ese momento, establecen un ritual: antes de hacer el amor, Michael le lee diversas obras.

Pero su relación se va deteriorando poco a poco. Hanna se irrita rápidamente y se vuelve distante. A partir de entonces, Michael tiene miedo de perderla. Durante las vacaciones de Pascua, se van cuatro días en bicicleta. Esta escapada —y, sobre todo, un violento altercado— refuerza su pasión.

LA DESAPARICIÓN

Cuando se reanuda el curso, Michael cambia de clase y se enamora de una de sus compañeras, Sophie. Durante el verano, lo invade el resentimiento y empieza a arrepentirse de pasar tanto tiempo con Hanna cuando podría estar divirtiéndose con sus amigos. Por otra parte, estos últimos le preguntan acerca de sus frecuentes ausencias.

Unos días antes de las vacaciones de verano, Hanna le parece extraña y diferente. Un buen día, desaparece sin dejar rastro. Michael está destrozado. Llama a la compañía de tranvías donde trabaja y se entera de que ha dejado su puesto a pesar de que le acababan de ofrecer una formación como conductora.

El tiempo pasa y, poco a poco, logra olvidarla. Acaba el instituto y entra en la universidad para estudiar Derecho. Hace ya siete años que la joven ha desaparecido.

EL VEREDICTO

Durante la audiencia, Hanna se defiende como puede de las acusaciones, a veces erróneas, del jurado. A diferencia de las demás acusadas, reconoce la mayoría de los hechos. Se nos revela también que, en el campo, Hanna tenía protegidas que le leían.

El presidente del tribunal lee un informe hallado en los archivos de las SS en el que se narran los hechos de la noche del bombardeo: las guardianas encerraron a las detenidas en la iglesia de forma deliberada, aun sabiendo que iban a morir, para evitar cualquier intento de fuga. Las acusadas refutan los hechos y acusan a Hanna de haber escrito ella sola ese informe falaz. El presidente del tribunal pide que se compruebe si la escritura de Hanna coincide con la del informe. Esta última se niega a someterse a la prueba y confiesa haberlo redactado.

Michael no puede dejar de pensar en el juicio y en Hanna. Entonces, recuerda que esta no sabe ni leer ni escribir. Sin embargo, no puede revelar el secreto de su antigua amante. Debe respetar su elección de no confesar su limitación. Esto le atormenta, puesto que se trata de un dato que podría cambiar el resultado del caso.

Michael decide ir al *Struthof*, un campo en Alsacia, para tener una imagen concreta de las palabras que ha escuchado durante la audiencia. Vuelve a casa conmocionado, e intenta entender a Hanna, aunque también la condena. Poco tiempo después, se pronuncia el veredicto y la mujer es condenada a cadena perpetua, mientras que las otras acusadas reciben una condena de cárcel menor.

Michael termina sus estudios y empieza sus años de prácticas. Se casa con Gertrude, otra becaria, con quien tiene una hija, Julia. Cinco años después, se divorcian. Al final de su periodo de aprendizaje, Michael se especializa en Historia del Derecho.

LAS CINTAS

Un día, decide leer en voz alta y grabarse en cintas. Tras varios meses, se las envía a Hanna a la cárcel. Durante diez años, le lee cuentos, novelas, pero también textos que escribe él mismo. Sin embargo, nunca deja mensajes personales. Después de cuatro años, recibe una breve nota escrita por Hanna y, y después otra, en las que comenta las obras que ha escuchado. Michael nunca responde. Pero entiende que está aprendiendo a leer y a escribir sola siguiendo letra por letra, en el libro que toma prestado de la biblioteca, las palabras de Michael.

Al final, Michael recibe una carta de la directora de la cárcel en la que le informa de la pronta liberación de Hanna y en la que le pide que la ayude a reinsertarse en la sociedad puesto que ha pasado dieciocho años en la cárcel. Él la visita una semana antes de que salga y observa lo mucho que ha envejecido. Hablan sobre literatura y sobre el futuro.

Pero el día de su puesta en libertad, Hanna se suicida. La antigua colaboradora de las SS ha dejado una carta en la que pide a su antiguo amante que destine todos sus ahorros a la niña que sobrevivió al incendio de la iglesia.

Michael acepta y va a visitar a la superviviente a Nueva York. Esta entiende a duras penas la relación que existe entre Michael y su verdugo, y rechaza el dinero: aceptarlo sería absolver a Frau Schmitz, y no quiere hacerlo. Entonces, deciden hacer un donativo a una asociación judía que lucha contra el analfabetismo.

Diez años más tarde, Michael sigue pensando en Hanna, en su muerte y en su relación. Decide escribir su historia.

ESTUDIO DE LOS PERSONAJES

MICHAEL BERG

En la primera parte de la novela, Michael tiene 15 años. Vive en una familia bastante adinerada con sus tres hermanos y hermanas. Es un chico discreto, con un físico común, poco seguro de sí mismo y bastante mediocre en la escuela. Sin embargo, su relación con Hanna le da una cierta confianza y seguridad con respecto a la gente que lo rodea.

En la segunda parte, entra en la universidad y estudia Derecho. Tras la marcha de Hanna, se construye una especie de coraza y se despega del mundo. Se muestra cínico y confiesa sentirse «aturdido»: ya no siente nada, ni hacia su antigua amante, ni acerca de los hechos que ocurrieron en Alemania («Me observaba, me veía funcionar en la universidad y en la relación con mi familia y con mis amigos, pero en mi interior no me sentía implicado», Schlink 1997, 74).

En la tercera parte, vemos que Michael sigue viviendo «con aturdimiento general» y huye de las dificultades de la vida sumergiéndose en la lectura y en la escritura. Prefiere convertirse en historiador del derecho que en juez. Esta tendencia a la huida es la que provoca su divorcio con Gertrude.

Toda la existencia de Michael está marcada por su relación con Hanna. Encarna la paradoja que existe entre dos generaciones de alemanes: los que han vivido la guerra y el periodo nazi (es decir, Hanna) y los de la generación siguiente (Michael), cuyos miembros intentan entender los actos de sus padres, al mismo tiempo que los condenan.

HANNA SCHMITZ

Hanna nace en 1922 y crece en Transilvania antes de ir a vivir a Berlín a los 17 años. Trabaja primero como obrera en Siemens y luego ingresa en las SS durante la guerra.

En la primera parte de la novela, tiene 36 años y es revisora de tranvía. Inicia una relación amorosa con Michael tras haberse encontrado con él por casualidad. Hanna es un personaje complejo, con un carácter cambiante. Sus múltiples cambios de humor asustan al narrador, que tiene miedo de perderla. No tiene familia y parece siempre moverse al margen de la realidad. Es evasiva y nunca responde a las preguntas que Michael le hace sobre su pasado.

Se comporta a la vez como una madre y como una amante con él. En apariencia, está muy segura de sí misma, es autoritaria y es la que domina la relación amorosa. Sin embargo, esconde un incómodo secreto que la convierte en un ser extremadamente vulnerable: es analfabeta. Esta limitación y la vergüenza que le provoca le impiden mantener su trabajo cuando recibe un ascenso, puesto que tiene miedo de que alguien se dé cuenta. También por esta razón le pide a Michael que le lea libros.

En la segunda parte, nos encontramos a Hanna en el juicio. Se muestra distante, incluso altiva, y habla poco. No agrada al público. Demuestra ser muy ingenua y acepta todo el daño causado. Debido a su analfabetismo, acude al juicio muy mal preparada.

En la tercera parte, ha envejecido muchísimo y a Michael le cuesta reconocer a la mujer que amaba. Hanna prefiere ahorcarse antes que salir de la cárcel.

Hanna encarna en la novela a la generación que ha vivido la guerra y que ha colaborado en ella, bien por sus actos, bien porque mira hacia otro lado y acepta convivir con los partidarios del régimen nazi.

EL PADRE DE MICHAEL

Es especialista de Kant (filósofo alemán, 1724-1804) y de Hegel (filósofo alemán, 1770-1831) y profesor de Filosofía en la universidad. Durante la guerra, se le releva de su puesto universitario por haber anunciado un curso sobre Spinoza (filósofo holandés, 1632-1677). A continuación, se convierte en responsable de edición de una editorial que publica guías de senderismo hasta el final de la guerra.

Fija citas no solo con sus alumnos, sino también con sus cuatro hijos cuando quieren hablar. Es un hombre retraído, incapaz de expresar sus sentimientos. Según Michael, no se preocupa suficientemente por los miembros de su familia, a los que ve como «animales domésticos» (Schlink 1997, 23).

LA MADRE DE MICHAEL

Aparece fugazmente en la novela. Un día, una psicoanalista aconseja a Michael que se pregunte acerca de la influencia que su madre ha tenido en su vida, ya que está casi ausente en su historia.

SOPHIE

Sophie es una amiga del instituto de Michael. Aparece en la novela cuando el establecimiento donde estudia el joven se vuelve mixto y ella se incorpora a su clase. Cuando empiezan a ser amigos, Michael tiene la sensación de estar traicionando a Hanna.

LA JOVEN JUDÍA

Es la única superviviente, junto con su madre, del bombardeo que tiene lugar mientras las detenidas del campo donde trabajaba Hanna caminan hacia el oeste. Ha escrito un libro en el que relata su experiencia y, gracias a él, las cinco acusadas han sido inculpadas. Se presenta en el juicio para ofrecer su testimonio.

CLAVES DE LECTURA

LA GENERACIÓN DE DESPUÉS Y EL PESO DEL PASADO

El lector presenta una multitud de preguntas acerca de la Segunda Guerra Mundial, el periodo nazi y la Shoah (la masacre de los judíos): ¿cómo evocar el pasado nazi en Alemania? ¿Cómo comprender lo que ocurrió? ¿Cómo perdonar? La novela se centra sobre todo en resaltar las dificultades que experimenta la generación de después a la hora de comprender los actos de sus mayores.

El sentimiento de vergüenza está muy presente en el relato. Los jóvenes se sienten incómodos por tener unos padres culpables, y estos últimos están avergonzados por los actos que se perpetraron delante de sus ojos:

> «Todos nosotros condenamos a la vergüenza eterna a nuestros padres, aunque sólo pudiéramos acusarlos de haber consentido la compañía de los asesinos después de 1945» (Schlink 1997, 67).

> «La culpabilidad colectiva, se la acepte o no desde el punto de vista moral y jurídico, fue de hecho una realidad para mi generación de estudiantes. No sólo se alimentaba de la historia del Tercer Reich. [...] Señalar a otros con el dedo no nos eximía de nuestra vergüenza. Pero sí la hacía más soportable, ya que permitía transformar el sufrimiento pasivo en descargas de energía, acción y agresividad. Y el enfrentamiento con la generación de los culpables estaba preñado de energía» (Schlink 1997, 122).

La historia de amor entre Michael y Hanna es la metáfora de esta difícil convivencia entre generaciones. Al narrador le cuesta sentir ira contra la generación anterior, puesto que ha amado a Hanna, que forma parte de ella:

> «Era a [Hanna] a quien tenía que señalar con el dedo. Pero, al hacerlo, el dedo acusador se volvía contra mí. Yo la había querido. [...] Por entonces yo envidiaba a aquellos de mis compañeros que renegaban de sus padres y, con ellos, de toda la generación de los asesinos [...]» (Schlink 1997, 122).

Y en este punto nos encontramos con la paradoja de la novela: ¿cómo amar y odiar a la vez a nuestros propios padres? ¿Podemos juzgar y comprender al mismo tiempo?

> «Quería comprender y al mismo tiempo condenar el crimen de Hanna. Pero su crimen era demasiado terrible. Cuando intentaba comprenderlo, tenía la sensación de no estar condenándolo como se merecía. Cuando lo condenaba como se merecía, no quedaba espacio para la comprensión» (Schlink 1997, 114).

También resulta difícil para la joven generación tratar la cantidad ingente de información sobre el período nazi:

> «Al mismo tiempo, me pregunto algo que ya por entonces empecé a preguntarme: ¿cómo debía interpretar mi generación, la de los nacidos más tarde, la información que recibíamos sobre los horrores del exterminio de los judíos? No podemos aspirar a comprender lo que en sí es incomprensible, ni tenemos derecho a comparar lo que en sí es incomparable, ni a hacer preguntas, porque el que pregunta, aunque no ponga en duda el horror, sí lo hace objeto de

comunicación, en lugar de asumirlo como algo ante lo que sólo se puede enmudecer, presa del espanto, la vergüenza y la culpabilidad» (Schlink 1997, 75-76).

Michael no logra hacerse una idea de los hechos reales, le cuesta imaginarse los actos de Hanna, ya que su percepción de los acontecimientos se ve influida por imágenes de películas sobre la Shoah y por fotos famosas tomadas tras el final de la guerra. Schlink nos habla del riesgo de que los hechos reales se transformen en clichés estereotipados, deformados por la imaginación colectiva:

> «Veía a Hanna delante de la iglesia en llamas, con una expresión dura en el rostro, con uniforme negro y una fusta en la mano. [...] Sabía que aquellas imágenes de la fantasía no eran más que miserables tópicos. No le hacían justicia a la Hanna que yo había conocido y estaba conociendo. [...] Hoy, cuando pienso en aquellos años, me doy cuenta de lo escasa que era la carga visual, de lo escasas que eran las imágenes que documentaban a vida y la muerte [...] en los campos de exterminio. Conocíamos [...] las montañas de cadáveres que los aliados encontraron y fotografiaron cuando liberaron el campo. [...] Hoy en día hay tantos libros y tantas películas sobre el tema, que el mundo de los campos de exterminio forma ya parte del imaginario colectivo que complementa al mundo real» (Schlink 1997, 105-107).

EL ANALFABETISMO DE HANNA

El analfabetismo de Hanna es uno de los principales temas de la novela y brinda a Bernhard Schlink la oportunidad de plantear diferentes asuntos importantes.

El analfabetismo de Hanna puede ser percibido como una metáfora de la comprensión moderna —o del intento de comprensión— de la Shoah. Los miembros de la generación de después, que han probado a entender los actos de sus mayores, son como analfabetos: consiguen leer los hechos, pero no los entienden; pueden escribir sobre el tema, pero no logran comprender en su totalidad la realidad del holocausto de los judíos. Cuando Michael lee el libro en el que la superviviente relata la caminata hacia el oeste, dice:

> «Años más tarde volví a leerlo y descubrí que esa distancia está en el libro mismo. No invita al lector a identificarse con nadie [...]. En cuanto a las jefas de barracón, las guardianas y los soldados, no les imprime suficiente carácter y perfil como para que el lector pueda definirse respecto a ellos o juzgarlos con mayor o menor severidad. El libro está embebido en ese embrutecimiento que ya he intentado describir» (Schlink 1997, 85).

En el momento en el que Hanna aprende a leer y a escribir, cuando sale de su analfabetismo, entiende la situación, lo que realmente ha ocurrido. Podemos decir incluso que ha salido de su embrutecimiento. Por esta razón decide suicidarse: no quiere vivir siendo consciente de ello. Le explica a Michael:

> «Siempre he tenido la sensación de que nadie me entendía, de que nadie sabía quién era yo y qué me había llevado a la situación en que estaba. Y, ¿sabes una cosa?, cuando nadie te entiende, tampoco te puede pedir cuentas nadie. Pero los muertos sí. Ellos sí que te entienden. No hace falta que estuvieran allí, pero si estuvieron te entienden aún mejor» (Schlink 1997, 139-140).

El analfabetismo de Hanna también permite introducir el tema de la libertad individual. Frente a la culpabilidad colectiva que ha recaído sobre las distintas generaciones presentes en *El lector*, la libertad reviste de una gran importancia.

Durante el proceso, Michael se da cuenta de que Hanna es analfabeta, por lo que ella no ha podido escribir el informe. Sin embargo, Hanna prefiere cargar con esa responsabilidad antes que desvelar su secreto. Michael siente la tentación de revelar esta información al juez para probar que, aunque la responsabilidad de Hanna es terrible, es menor de la que se quiere hacer ver. Se debate acerca de qué hacer y decide ir a ver a su padre, quien le explica:

> «¿No te acuerdas de cómo te enfadabas de pequeño cuando mamá, por tu bien, te obligaba a hacer algo que no querías? […] Pero en el caso de los adultos, desde luego, tengo muy claro que no hay justificación alguna para anteponer lo que un sujeto considera conveniente para otro a lo que éste considera conveniente para sí mismo. […] No estamos hablando de felicidad, sino de la dignidad y la libertad» (Schlink 1997, 102).

Entonces, Michael entiende que no puede obligar a Hanna a hablar, y que tiene que respetar su voluntad, su libertad y su dignidad.

Por último, el analfabetismo de Hanna está vinculado al sentimiento de vergüenza presente en la novela. Hanna siente vergüenza por ser analfabeta y por carecer de estudios. Para evitar que la descubran, tiene que modificar el transcurso de su vida constantemente.

Muchos críticos consideran que Bernhard Schlink intenta atenuar la responsabilidad de Hanna puesto que, al ser analfabeta, se ha visto obligada a unirse a las SS. ¿Puede entonces ser perdonada? ¿Esto explica en parte sus actos? Así, podemos evocar un paralelismo con toda la generación: ¿se vieron obligados los alemanes a participar en esta masacre? ¿El hecho de que desconocieran el alcance de la situación —el hecho de que fueran «analfabetos»— reduce su responsabilidad? El autor no responde a estas preguntas para que el lector pueda sacar sus propias conclusiones acerca del tema.

PISTAS PARA LA REFLEXIÓN

ALGUNAS PREGUNTAS PARA PROFUNDIZAR EN SU REFLEXIÓN...

- ¿Quién es el lector en la novela de Schlink? ¿Hay varios lectores?
- ¿A partir de qué momento en concreto se ha dado usted cuenta de que Hanna era analfabeta? Señale los distintos indicios que deja el autor en el libro que permiten llegar a esta conclusión.
- ¿En qué medida es importante en la novela el hecho de que Hanna sea analfabeta? ¿Cómo habría sido su vida si hubiese sabido leer y escribir?
- El libro está dividido en tres partes: la historia de amor entre Michael y Hanna, el juicio y el encarcelamiento de Hanna. ¿Hay una diferencia en la escritura de Bernhard Schlink entre las distintas partes? ¿Están todas redactadas con el mismo tono y con el mismo estilo?
- ¿Por qué cree usted que Hanna Schmitz escogía a las detenidas más jóvenes y más débiles para que le leyeran? ¿Por qué decidía a continuación que fueran enviadas a Auschwitz?
- ¿Por qué a Michael le apasiona tanto la *Odisea* de Homero? Indique los distintos momentos en los que se cita la obra en *El lector* e intente explicar su presencia.
- Interprete estas palabras de Michael: «No me consolaba pensar que mi sufrimiento por haber amado a Hanna fuera de algún modo el paradigma de lo que le pasaba a mi generación, de lo que les pasaba a los alemanes, con la diferencia de que en mi caso resultaba más difícil hurtar

el bulto o enmascarar el fondo de la cuestión» (Schlink 1997, 122).

- Cuando Hanna aprende a leer en la cárcel, lee sobre todo obras que hablan de los campos de concentración. ¿Han cambiado estos libros y la información que contienen la percepción de Hanna sobre los actos que había cometido durante la guerra? ¿La empuja esto al suicidio?
- Relea detenidamente el capítulo en el que Michael se dirige al *Struthof* en autoestop (Schlink 1997, 119-122) y la conversación que mantiene con el camionero. ¿Qué razones llevan al conductor a echar de repente a Michael de su vehículo? Por otra parte, ¿por qué decide Michael ir al *Struthof*? ¿Qué busca allí?
- Compare el libro con la adaptación cinematográfica que Stephen Daldry llevó a cabo.
- ¿Piensa usted que el desconocimiento de los alemanes del alcance de la situación —su «analfabetismo»— con respecto a la masacre de los judíos disminuye su responsabilidad? Argumente su respuesta.

PARA IR MÁS ALLÁ

EDICIÓN DE REFERENCIA

- Schlink, Bernhard. 1997. *El lector*. Traducido por Joan Parra Contreras. Barcelona: Anagrama, S.A. E-book en PDF.

ESTUDIOS DE REFERENCIA

- Niven, Bill. 2003. «Bernhard Schlink's *Der Vorleser* and the Problem of Shame». *Modern Language Review*. Abril 2003. Consultado el 22 de septiembre de 2016. http://www.academia.edu/5279670/BERNHARD_SCHLINKS_DER_VORLESER_AND_THE_PROBLEM_OF_SHAME

ADAPTACIÓN

- *El lector (The Reader)*. Dirigida por Stephen Daldry, con Kate Winslet y Ralph Fiennes. Estados Unidos, Alemania, 2008.

ResumenExpress.com

www.resumenexpress.com

ISBN ebook: 9782806283634

ISBN papel: 9782806284785

Depósito legal: D/2016/12603/413

Cubierta: © Primento

Libro realizado por Primento, *el socio digital de los editores*